KB195768

마음 노트

마음 노트

소연 글 전명진 그림

차례

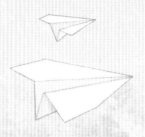

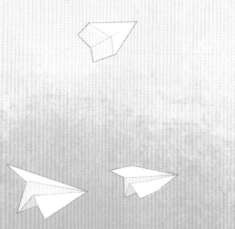

작가의 말

'우리들의 마음 노트'는 언젠가는 꼭 쓰고 싶었던 이야기 였어요. 하지만 쓰기까지 용기가 필요했어요.

유독 추웠던 그해 겨울, 그날을 잊지 못해요.

선생님의 따뜻한 마음, 영정 사진 속 모습과 교실 분위기 는 여전히 마음에 남아 있어요.

이야기를 쓰며 오랜만에 졸업 앨범을 펼쳤어요. 선생님과 아픔을 함께 겪었던 친구들이 보였어요.

죽음을 인정하기 싫은 아이, 죽음을 온몸으로 받아들이 는 아이, 죽음을 인지 못 하는 아이 등 반응은 다르지만, 선 생님이 남기고 간 따뜻함은 모두에게 남아 있었어요.

《우리들의 마음 노트》에서 마음 노트는 선생님과 아이들을 연결하며 나눌 수 있게 해 줘요. 그러면서 죽음과 졸업이 마지막이 아닌, 시작임을 알려 주지요.

어디엔가 있을 하준, 성재, 해나, 지우에게 위로의 마음을 보내요.

그리고 선생님을 떠나보냈던 어린 시절 저에게도 위로를 건네요.

따뜻한 마음을 남겨 주신 故 석혜숙 선생님…….

정말 감사했습니다.

소연

불길한 예감

수업 시작종이 울렸는데 선생님이 오지 않았다. 처음 있는 일이었다. 교실 분위기가 뒤숭숭해졌다.

"회장, 샘 왜 안 와?"

하준이가 외쳤다.

"몰라. 옆 반에 가 볼게."

회장 해나가 복도로 나가자 하준이도 뒤따라갔다.

옆 반에서도 시끄러운 소리가 났다.

하준이가 6학년 2반 교실 안을 창문으로 들여다봤더니 그곳에도 선생님이 없었다.

해나와 하준이는 2반 교실 뒷문을 열고 들어갔다.

"선생님들 다 어디 갔어?"

하준이가 작년에 같은 반이었던 아이에게 물어봤다.

"학교 근처에서 교통사고가 났대."

아이가 작은 목소리로 말했다.

"정말? 누가 다쳤어?"

해나가 다그쳤다.

"선생님이 다쳤나 봐."

"헉!"

해나와 하준이는 후다닥 3반 교실로 달려갔다.

"얘들아, 학교 앞에서 교통사고 났대!"

해나 말에 교실 안이 떠들썩해졌다.

"우리 선생님은 왜 안 오지?"

지우가 불안한 눈빛으로 주변을 둘러봤다.

"곧 올 거야."

해나가 담담하게 말했다.

"있잖아……. 학교 오는 길에 구급차를 본 것 같아."

성재가 조심스레 말을 꺼냈다.

"진짜야?"

아이들이 수군댔다.

교실 안에 불길한 기운이 스멀스멀 밀려들었다.

거짓말 같은 이야기

하준

"앗싸! 성공."

요즘 우리 반 교실에서는 물병 세우기 놀이가 유행이다. 작은 생수병에 물을 적당히 채운 다음 한 바퀴 돌려 책상 위에 똑바로 세우는 게임이다. 이 게임은 물의 양과 손목의 힘 조절이 중요하다. 물을 3분의 1 정도 붓고 물병 돌릴 때 숨을 잠시 멈추는 것도 필요하다. 너무 세게 돌려 한 바퀴 이상 돌아가거나, 돌리는 힘이 약하면 물병이 고꾸라지며 실패한다.

나는 물병을 정말 잘 세운다. 손목을 이리저리 움직여

적절하게 힘쓰는 방법을 터득했다. 꾸준히 연습한 결과다. 다음에는 물병을 거꾸로 세우거나 모서리로 세우는 것에 도전할 생각이다.

"이번엔 한 방에 세웠네?"

실패한 성재가 부러운 듯 물병을 뚫어지게 봤다. 성재가 돌린 물병은 교실 뒤까지 데굴데굴 굴러갔다.

"네가 떡볶이 사."

성재는 이번에는 꼭 이길 거라며 지면 떡볶이를 사 주겠다고 했다. 나는 보란 듯 다시 한번 멋지게 물병을 돌렸다.

'쾅!'

중심을 못 잡고 아슬아슬하게 흔들리던 물병이 바닥으로 떨어져 버렸다. 물병은 해나 실내화 옆까지 굴러갔다. 손목에 힘을 너무 준 것이 문제였다.

"야, 강하준. 좀 조용히 해."

해나가 물병을 주워서 책상 위에 세게 올려놨다.

"싫거든."

쉬는 시간까지 조용히 하는 건 있을 수 없는 일이다.

"책 읽는 데 집중 안 되잖아."

해나가 벌떡 일어나더니 우리를 째려봤다.

"너도 시끄럽지?"

내가 아랑곳하지 않자, 이번에는 짝 지우에게까지 말했다.

지우는 조용히 고개를 끄덕였다.

"하준아, 나가서 하자."

성재가 내 팔을 잡아끌고 복도로 나왔다. 우리 반 교실은 복도 끝이라 계단 앞에 넓은 공간이 있다. 그곳에서 자주 놀았다. 선생님이 계단으로 올라오는 모습을 확인하며 쉬는 시간을 1초라도 남김없이 사용할 수 있었다. 그런데 이상했다. 물병을 여러 번 돌리도록 선생님이 오지 않았다.

"왜 안 오지?"

성재가 계단 아래쪽을 내려다봤다.

"오겠지. 한 판 더 해."

나는 물통에 물이 좀 많은 것 같아서 한 모금 마셨다.

띠리리리리리.

수업 시작종이 울렸다.

성재와 함께 재빨리 교실로 들어갔다.

한참을 기다려도 선생님은 오지 않았다. 불안감이 교실을 덮칠 무렵, 부장 선생님이 우리 반에 들어왔다. 부장 선생님은 믿을 수 없는 이야기를 하며 오늘은 일찍 집으로 돌아가라고 했다. 아이들은 아무 말 없이 가방을 메고 교실을 빠져나갔다.

　　거짓말. 나는 연신 거짓말이라고 중얼거리며 학교에서 나왔다. 학교 앞 건널목 바닥에는 하얀색 분필로 사람 형태의 테두리가 그려져 있었다. 교통사고 현장을 표시해 놓은 것이었다. 건널목을 건너다가 심장이 쿵 하고 내려앉았다. 다리에 힘이 풀려 그 자리에 주저앉을 뻔했다.

　　"거짓말이야."

　　나는 점퍼 주머니에 손을 깊숙이 넣었다. 오늘따라 칼바람이 심하게 불어 볼이 얼얼했다. 고개를 푹 숙이고 걷다 보니 차가운 것이 목덜미에 닿았다. 눈이었다.

"에이씨."

선생님은 졸업식 날 눈이 왔으면 좋겠다고 했다. "화이트 졸업식이면 얼마나 예쁠까."라며 들뜬 표정으로 말했다. 난 눈을 별로 좋아하지 않는다. 미끄럽고 질퍽거려서 싫다. 선생님이 좋아하는 눈, 내가 싫어하는 눈, 그런 눈이 내리자 괜히 화가 났다. 빠른 걸음으로 집으로 갔다.

텅 빈 집에는 윙윙대는 오래된 냉장고 소리만 들렸다. 방으로 들어가서 쪼그리고 앉았다.

엄마에게 문자가 왔다.

야근이야. 밥 챙겨 먹어.

3년 전, 아빠가 갑작스러운 사고로 돌아가셨다. 그 후로 많은 것이 변해 버렸다. 엄마는 회사에 다니느라 바빴고, 나는 혼자 있는 시간이 점점 많아졌다. 학교에서 늦게까지 놀다가 집에 들어와도 잔소리하는 사람이 없었다. 숙제를 안 해도 아무도 혼내지 않았다. 엄마는 돈을 벌어야 한다며 날마다 늦게 왔다. 하지만 그 이유가 전부는 아니었다. 엄마가 울면서 이모와 통화하는 내용을 몰래 들었다.

"하준이를 보면 하준 아빠가 생각나서 더 힘들어. 하준이가 아빠를 많이 닮았잖아."

이야기를 듣는 순간, 가슴이 바늘로 찌르듯이 아팠다. 사람들은 내가 아빠를 많이 닮았다고 했다. 외모뿐만 아니라 행동과 식성까지 아빠와 판박이라고 했다. 엄마는 아빠와 닮은 나를 보는 것이 힘들었나 보다.

그 후로 일부러 엄마에게서 멀어지려고 노력했다. 내가 가까이 있으면 엄마가 더 힘들 테니까. 나는 사춘기 행세를 하며 엄마에게 말을 걸지 않았고, 학교에서 친구들과 시간을 보내고 집에 늦게 들어왔다. 집에 와서는 게임을 시작했다. 게임을 하면 신나게 웃을 수 있었다. 아무 생각 없이 게임 속 인물과 싸우거나 떠들 수 있어 좋았다.

그러던 나에게 유독 관심을 보이는 사람이 생겼다. 6학년 3반 서해수 선생님. 처음에는 선생님의 관심이 귀찮았다. 자꾸 뭘 하라고 시켰다.

"마음 노트 안 쓴 사람 오늘 남아."

선생님은 아이들에게 노트에 마음을 쓰라고 했다. 나도 모르는 내 마음을 어떻게 쓰라는 것인지! 글 쓰는 것이 정말 싫었다. 솔직히 뭐라고 써야 할지도 몰랐다. 그런데 애들은 척척 잘 써서 냈다.

"오늘도요?"

핑계를 댈 수도 없었다. 다른 친구들처럼 학원에 다니는 것도 아니었고, 게임 하러 집에 간다고 할 수도 없었으니까.

남은 아이는 또 둘이었다. 성재와 나.

"너도 또 안 썼어?"

성재와 나는 서로 마주 보고 웃었다.

"마음을 어떻게 쓰라는 거야?"

성재가 빈 노트를 흔들었다.

"역시 나랑 잘 맞아."

마음 노트 때문에 남아서 벌을 받다 보니 성재와 친해

졌다.

　선생님은 사물함 옆에 있는 서랍장을 정리하자고 했다. 크고 작은 서랍이 다섯 개였다. 서랍장 안에서 물건들을 꺼내자 꽤 많은 양이 나왔다. 아이들이 버려 놓은 쓰레기도 보였다.

　"오늘은 이것까지만 정리하자. 마치고 떡볶이 먹을래?"

　선생님은 벌칙으로 청소나 정리를 시키고는 가끔 간식을 사 줬다.

　"어묵도 먹고 싶어요."

　성재가 침을 꼴깍 삼켰다.

　'떡볶이라니. 마침 배고팠는데 잘됐네.'

　집에 가도 딱히 할 일이 없었는데 남아서 정리하고 간식 먹는 것이 한편으로는 좋았다.

　첫 번째 서랍에는 체육 대회 때 사용했던 응원 도구들이 있었다. 팀 구호를 적은 포스터가 가장 먼저 보였다.

　"최강 3반이래. 크크."

　지금 보니까 참 유치하다.

"너 계주에서 넘어졌었지?"

성재가 내 흑역사를 말하며 크게 웃었다. 그때를 떠올리니 다시금 창피해졌다.

나는 달리기를 잘해서 마지막 주자였다. 우리 반이 1등으로 달리고 있었기 때문에 내가 마무리만 잘하면 1등은 따 놓은 당상이었다. 출발 전부터 어깨에 힘이 들어갔다. 앞 경기에서 2반에게 졌으니 복수할 기회였다. 아이들 응원 소리가 운동장에 울려 퍼졌다.

"최강 하준. 최강 하준."

응원 소리를 들으니 가슴이 벅차올랐다. 특히 여자아이들이 멋지다고 소리 지를 때는 하늘로 붕 떠오를 것 같았다. 너무 긴장했던 탓이었을까? 결승점을 앞두고 모래에 운동화가 미끄러지며 넘어졌다. 커브를 돌다가 몸이 중심을 잃은 것이다. 부끄러워서 고개도 못 들었던, 아픈 기억이었다.

"그때 응원 소리가 너무 컸지?"

선생님이 내 편을 들어 줬다.

"맞아요, 시끄러워서 넘어졌어요."

괜히 창피해서 더 큰 소리로 대답했다.

"1등 못 했어도 괜찮아."

선생님이 눈을 찡긋했다.

"또 체육 대회 했으면 좋겠다. 진짜 재미있었는데!"

성재가 응원 수술을 신나게 흔들었다.

"중학교 올라가면 체육 대회가 더 재미있을 거야."

선생님 입에서 나온 '중학교'라는 단어가 왠지 먼 이야기처럼 들렸다.

"중학생 되기 싫어요. 공부만 해야 하잖아요."

성재가 떠들었다. 나도 같은 생각이라며 맞장구쳤다.

항상 조용했던 성재가 이렇게 말이 많은 아이인지 처음 알았다.

"참, 맨 아래 서랍은 비워 놔."

선생님이 아래 서랍에 있는 물건을 꺼냈다. 아이들이 낙서해 놓은 종이이라서 모두 버리면 될 것 같았다.

"왜요?"

"그건 비밀. 간식 사 올게. 정리하고 있어."

선생님이 떡볶이를 사러 나가자 더 배고파졌다.

"내일 아침에 물병 세우기, 콜?"

성재가 물병을 흔들었다.

"내일도 이겨 줄게."

"웃기지 마. 집에 가서 연습 많이 해 올 거야."

나보다 키가 한 뼘이나 큰 성재가 혀를 내밀었다.

"오늘 급식 진짜 별로였어."

급식을 조금 먹어서 그런지 더 배고팠다. 채소가 가득
들어 있는 비빔밥이었다.

"난 당근이 제일 싫어."

"나도."

성재와 나는 닮은 구석이 많았다.

떠들고 있는데 선생님이 간식을 사 왔다.

"아직 다 안 치웠어?"

선생님이 책상 위에 떡볶이 봉지를 올려놨다.

"떡볶이 먹고 정리할게요. 배고파요."

성재가 떡볶이 봉지를 간절하게 바라봤다.

"그래, 먹고 하자."

선생님은 떡볶이와 어묵, 쿨피스까지 사 왔다. 윤기가 좔좔 흐르는 빨간 떡볶이에는 쿨피스가 딱이다. 쫀득한 떡과 매콤한 양념은 언제 먹어도 맛있었다.

"정말 마음 노트 안 쓸 거야?"

선생님이 허겁지겁 먹는 우리에게 말했다.

"어떻게 써야 할지 모르겠어요."

나는 떡볶이를 한입 가득 넣었다.

선생님이 수업 시간에 쓰는 방법을 몇 번이나 설명했는데도 쓰지 못했다.

"음……. 그럼 딱 세 줄만 적어 봐. 아무거나 세 줄. 그 정도는 할 수 있지?"

"네."

성재가 떡볶이 국물을 입가에 가득 묻힌 채 대답했다.

나와 성재는 세 줄만 쓰기로 했다. 마음이 아닌 일상을 적어도 된다고 했다.

처음으로 마음 노트에 세 줄을 썼다.

오늘 게임 레벨을 깼다.

완전 신난다.

내일은 새로운 레벨 도전.

이렇게 적었다. 딱히 할 이야기가 없었다. 게임 이야기 밖에는.

선생님은 파란색 볼펜으로 아래에 편지를 써 줬다.

하준아, 무슨 게임 해? 선생님도 사실은 게임 좋아해.

우리 게임에서 만날까? 저녁 8시에. 딱 30분만 같이 하는 거야.

그리고 이건 우리 둘만의 비밀이다.

선생님과 나, 둘만의 비밀이 생겼다.

그날 저녁, 선생님과 게임에서 만났다. 저녁 7시부터 선생님을 만날 생각에 떨렸다.

"네가 방 만들고 초대해."

핸드폰 스피커로 선생님 목소리가 들렸다.

"선생님, 들어오세요."

방을 만들고 선생님을 초대했다.

선생님은 생각보다 게임 실력이 좋았다. 공부만 좋아할 줄 알았는데 아니었다. 긴장했는지 손가락이 조금 떨렸지만, 선생님을 넉넉하게 이겼다.

"진짜 잘하는데? 게이머 해도 되겠어."

선생님에게 게임 칭찬받으니 뭔가 이상하긴 했지만, 좋았다.

"일주일에 한 번 나랑 30분 게임 하자. 어때?"

나는 좋아서 입이 다물어지지 않았다.

"혹시 선생님이랑 게임 한다고 엄마가 싫어하실까?"

선생님이 걱정스러운 목소리로 말했다.

"엄만 나한테 관심 없어요. 날마다 늦게 들어와요."

선생님에게 솔직하게 말해 버렸다.

"많이 바쁘시구나. 하준이가 심심하겠네."

"괜찮아요. 이젠 아무렇지 않아요."

선생님과 게임을 하면서 여러 이야기를 할 수 있었다. 선생님도 스트레스 해소로 가끔 게임을 한다고 했다.

어느새 마음 노트를 편하게 쓸 수 있게 되었다.

오늘은 밥 먹고 싶었는데, 밥통에 밥이 없어서 라면을 먹었다. 사실은, 라면이 세상에서 가장 맛있다.

마음 노트에 이렇게 적어도 전혀 부끄럽지 않았다. 선생님은 내 상황을 다 알고 있었다.

라면 맛있지! 나중에 우리 집에 놀러 올래? 선생님이 밥해 줄게.

선생님의 파란 글씨는 언제나 반가웠다.

진짜요? 좋아요.

선생님과 약속하고 나니 뭔가 더 특별해진 기분이었다.

마음 노트에 하나하나 마음을 적다 보니 답답했던 것도 풀어졌다.

화장실에 가려고 나왔다가 식탁에서 밥 먹고 있는 엄마를 봤다. 늦은 저녁 식사였다. 혼자 밥 먹고 있는 엄마의 뒷모습이 쓸쓸해 보였다. 엄마에게 다가가려다 멈칫했다. 엄마에게 선생님 이야기도 하고, 축구 경기에서 이긴 소식도 전하고 싶었다. 하지만 일부러 피하다 보니 점점 멀게 느껴졌다.

그날 밤, 마음 노트에 적었다.

엄마는 날 보면 정말 아빠 생각이 나서 더 힘들까?

난 왜 아빠를 닮았을까?

답답한 마음이었다.

세상에서 하준이를 가장 사랑하는 사람은 누굴까?

그건 바로 엄마야. 엄마를 믿고 의지해.

그러면 엄마도 더 힘이 나실 거야.

선생님 편지를 읽고 한참 생각해 봤다. '어쩌면 아빠가 보고 싶어서 엄마를 더 밀어냈던 것은 아닐까.'라는 생각이 들었다.

엄마가 퇴근하고 오는 시간에 맞춰 일부러 거실에서 엄마를 기다렸다. 처음 있는 일이었다. 늘 내 방 안에 있거나 엄마와 마주치면 화내고 짜증냈다.

현관문을 열고 들어오는 엄마 얼굴이 피곤해 보였다. 오랜만에 똑바로 본 엄마 얼굴이었다.

"엄마."

나는 엄마 앞으로 다가갔다.

"밥은 먹었어?"

엄마는 오자마자 내 밥부터 챙겼다.

"응."

"잘 챙겨 주지 못해서 미안해."

엄마가 나를 한참 바라보다가 꼭 안았다. 가슴속이 간질간질했다.

"다 컸어. 내가 알아서 할게. 걱정 마."

나는 괜히 큰소리쳤다.

엄마가 희미하게 웃었다. 엄마의 웃는 모습을 보니 이제 자주 얼굴을 보여 줘야겠다는 생각이 들었다.

॰ ॰ ॰

배에서 꼬르륵 소리가 났다. 선생님 사고 소식을 듣고 학교에서 점심도 못 먹고 집에 온 탓이었다. 시계를 봤더니 벌써 두 시였다. 라면을 꺼냈다. 밥통에 밥이 있었지만, 그냥 라면을 먹고 싶었다. 컵라면을 바닥에 놓고 핸드폰 게임을 했다. 게임 하면서 먹는 라면은 진짜 최고다. 일부러 게임 음악을 더 크게 틀었다. 아무런 생각조차 할 수 없을 만큼 크게. 방 안에 신나는 음악 소리가 가득 찼다.

그때 단체 메시지가 왔다. 해나였다.

빨리 뉴스 틀어 봐.

나는 재빨리 텔레비전을 켰다. 화면에는 우리 학교가 보였다. 심장이 콩닥콩닥했다. 내가 지나갔던 건널목도 보였다.

안타까운 소식입니다.
중상을 입은 서○○ 교사가 사망했습니다.
이로써 사망자 2명, 중경상자 4명입니다.

선생님 이름을 듣자마자 거짓말 같던 이야기가 사실로 다가왔다. 선생님이 위독하다는 소식은 들었지만, 이렇게 돌아가실 줄은 꿈에도 생각하지 못했다. 회복해서 다시 교실로 올 거라는 생각만 했었다. 나는 이불을 뒤집어썼다. 멍했다. 눈물도 나오지 않았다.

"거짓말, 거짓말이야!"라고 중얼대다가 잠이 들었다.

믿을 수 없었다. 아니, 믿기지 않았다. 학교에 가면 선생님이 있을 것만 같았다. 교실 문 앞에서 서성였다. 문고리를 잡는 손이 덜덜 떨렸다. 문을 열고 들어갔더니 아이들이 모두 고개를 숙이고 있었다. 엎드려 있는 아이도 있었고, 눈물을 흘리는 아이도 보였다. 모두 슬픔을 가득 머금은 채로 아무 말도 하지 않았다.

이 상황이 정말 싫었다. 슬픔을 품고 있으면 진짜가 될 것 같았다.

나는 곧바로 성재 자리로 갔다. 성재도 고개를 푹 숙이고 있었다.

"오늘은 이긴다고 했지?"

나는 가방에서 물병을 꺼냈다.

성재는 아무 말이 없었다.

"한판 해."

나는 책상 위에 물통을 '쾅' 하고 내려놨다.

"너, 왜 그래?"

성재가 고개를 들더니 나를 노려봤다. 빨갛게 충혈된 눈이 퉁퉁 부어 있었다.

"우리 아침마다 시합했잖아."

난 아무렇지 않게 말했다. 답답한 교실 분위기에 숨이 막혔다. 정말 선생님이 돌아오지 않을까 봐 무서웠다. 몇몇 아이들은 나를 노려보거나 한숨을 쉬었다. 마치 벌레 보는 듯한 표정이었다.

나는 아무렇지 않게 책상 위로 물통을 던졌다.

'퍽.'

팔에 힘이 많이 들어갔다. 너무 세게 던진 탓에 물병이 두 바퀴 돌다가 바닥으로 나뒹굴었다. 뚜껑이 열리면서 물이 쏟아졌다.

"야, 강하준."

해나가 나를 노려봤다. 해나 짝 지우도 고개를 가로저었다.

"따라 나와."

성재가 내 팔을 잡았다. 팔에 핏대가 섰다. 팔을 빼려고 했으나 쉽게 빠지지 않았다. 성재에게 이끌려 복도로 나갔다. 성재는 아무 말 없이 운동장 쪽 창문을 열었다. 찬 바람이 휙 불었다.

"정신 차려."

성재가 차갑게 말했다.

나는 창문 밖으로 고개를 빼고 운동장을 내려다봤다. 바람이 불자 운동장 모래가 흩날렸다. 운동장, 교실, 복도 모든 것이 얼어붙어 있었다.

"그럼 어떡하라고!"

나는 버럭 소리를 질렀다.

성재는 깊게 한숨을 내쉬더니 교실로 들어갔다. 성재 눈가에 눈물이 그렁그렁했다.

나는 계단에 쪼그리고 앉아서 계단 아래를 내려다봤다. 선생님이 계단 위로 올라올 것만 같았다. 멍하니 혼자 있다가 교실로 들어갔다.

교실에 들어서는데 선생님 자리에 있는 커다란 지구본

이 보였다. 선생님 꿈은 세계 일주라고 했다. 선생님과 아이들은 가고 싶은 나라에 스티커를 붙여 놨다. 나는 선생님이 가장 가고 싶어 했던 스위스를 손가락으로 만졌다. 눈을 좋아하는 선생님은 융프라우 설경을 보고 싶다고 했다. 지구본을 살살 돌렸다. 스티커를 붙여 놓은 나라들이 어지럽게 돌아갔다.

'휙. 휙.'

선생님이 생각날수록 더 빨리 지구본을 돌렸다.

'덜컹덜컹.'

지구본이 마구 흔들렸다.

'와장창.'

지구본이 바닥으로 떨어지며 깨져 버렸다. 지구본이 이렇게 쉽게 깨질 줄 몰랐다. 선생님이 아끼던 물건이었는데……. 깨뜨릴 생각은 조금도 없었다. 속상해서 바닥에 쪼그리고 앉았다.

"야, 너, 진짜 왜 그래?"

해나가 소리쳤다.

아이들이 나를 바라보는 눈빛에 원망이 가득했다.

나는 깨진 지구본 조각을 하나하나 주웠다. 줍다가 날카로운 조각에 손바닥을 긁혔다. 손바닥을 멍하니 보고 있는데 성재가 옆으로 다가왔다.

"정신 차리라니까."

성재가 내 어깨를 주먹으로 쳤다. 어깨가 얼얼했다.

"왜 때려?"

갑자기 화가 났다. 나도 성재에게 달려들어 때렸다. 우리가 치고받고 싸우는 사이에 교실은 어느새 시끄러워졌다.

오므라이스와 카레라이스

성재

어제 일이 꿈이었다면 얼마나 좋을까? 뉴스를 보다가 소리 내서 엉엉 울었다.

엄마가 나를 두고 떠났을 때도 이렇게 울지는 않았다. 엄마는 다시 돌아올 거라는 희망이 있었기 때문이다. 물론 시간이 지날수록 그 희망은 꺾이고 무너지며 더 큰 좌절로 다가왔다.

"학교 안 갈래."

나는 이불을 뒤집어썼다. 선생님 없는 학교에 더 이상 가고 싶지 않았다.

"학교 가야지. 가서 선생님과 마지막 인사해야지."

할머니가 검정 옷을 꺼내 놨다.

"마지막 인사?"

하교 후에 다 같이 장례식장에 간다고 했다. 할머니에게 마지막이라는 말을 듣자 또 눈물이 났다.

"가만. 가만. 가만."

할머니는 내가 힘들어할 때마다 등을 쓸어 주었다. 엄마가 떠났을 때도 내 등을 토닥였다. 할머니가 토닥여 주면 마음이 차분해졌다.

할머니는 냉동실에 얼려 놓은 숟가락을 내 눈에 대어 주었다.

"부은 눈이 좀 가라앉을 거야. 시간이 흐르면 네 마음도 가라앉을 거고."

차가운 숟가락이 눈두덩이에 닿자 얼얼했다. 선생님 생각이 나니 다시금 눈물이 핑 돌았다.

내가 아무 말 없이 앉아 있자, 할머니가 또 내 등을 쓸어 주었다.

"가만, 가만. 가만, 가만."

마음이 조금씩 가라앉는 기분이었다.

학교 가는 걸음이 이렇게 무겁기는 처음이다. 천천히 땅을 보며 걸었다. 걷다 보니 선생님이 생각났다. 나는 누구에게도 마음을 쉽게 열지 못했다. 하늘보다 바닥을 보며 걷는 날이 더 많았고, 교실에서도 책상 위를 가만히 내려다보는 습관이 있었다. 친구도 거의 없어서 누구의 관심도 받지 못했다. 그냥 조용히 하루하루를 보냈다.

선생님은 마음을 노트에 쓰라고 했다. 일기 쓰라는 선생님은 많아도 마음을 쓰라고 한 경우는 처음이었다. 선생님이 공책 앞에 붙여 준 마음 노트라는 제목까지 맘에 들지 않았다. '마음을 쓰라고?' 어이가 없었다. 그래서 안 쓰기로 했다. 벌칙으로 남아서 청소하는 날이 길어지자 점점 선생님에게 미안했다. 선생님은 벌칙이라고 했지만, 그러는 동안 하준이와 친해졌고 간식도 배부르게 먹을 수 있었다. 선생님과 함께 웃다 보니까 조금씩 고개를 들고 주변을 볼 수 있었다.

"너무하잖아? 세 줄도 안 써 오다니!"

선생님이 내 빈 노트를 보며 말했다.

배신자 하준이가 노트를 써 와서 오늘은 나 혼자 남았다. 하준이는 아주 짧게 썼다고 했다. 난 그조차도 뭘 써야 할지 몰랐다.

"어떻게 써야 할지 모르겠어요."

"그럼, 오늘 급식 먹은 거 적어. 그건 할 수 있지?"

그 정도는 적을 수 있을 것 같아서 고개를 끄덕였다.

선생님과 둘이 청소함을 정리했다. 여러 가지 청소 도구들이 엉켜 있었다. 아이들이 청소하고 아무렇게나 넣어 놓았기 때문이다.

선생님이 걸레를 빨러 간 사이에 나는 청소 도구를 가지런히 정리했다.

"깔끔해졌네. 정리하다 보면 마음도 같이 정리되더라."

칭찬을 들으니 기분까지 좋아졌다.

"비밀 하나 알려 줄까? 졸업식 전에 이벤트를 준비할

거야."

선생님이 작게 말했다.

"정말요?"

"졸업은 특별하니까. 너희에게 평생 잊지 못할 추억을 만들어 주고 싶어."

선생님과 나만의 비밀이 생겼다. 나만 알고 있다고 생각하니 웃음이 실실 나왔다.

그날 처음으로 마음 노트를 적었다.

내가 싫어하는 오므라이스가 급식으로 나왔다.

나는 오므라이스가 세상에서 가장 싫다.

점심을 굶었더니 속이 텅 빈 것 같다.

이건 사실이었다. 나는 오므라이스만 보면 속이 울렁거린다. 속에서 화가 막 치밀어 오르고 마음이 '뻥' 하고 터져 버릴 것 같다. 엄마는 내가 좋아하는 오므라이스를 해 주고 떠났다. 맛있다고 엄지를 치켜들며 좋아했는데, 엄마는 내가 좋아하는 음식을 가장 싫어하는 음식으로 만들어 버렸다. 오므라이스는 여러 채소를 넣은 볶음밥 위에 얇은 달걀 지단으로 위를 덮는다. 나는 노란 달걀 위에 뿌린 새콤달콤한 소스와 볶음밥의 고소한 맛을 좋아했다. 하지만 그날 후로 절대 오므라이스를 먹지 않는다. 먹으면 슬픈 일이 또 생길 것만 같았기 때문이다. 노란 지단 속에 숨어 있는 볶음밥이 마치 거짓을 숨기고 있는 것 같아 더 싫었다.

마음 노트에 선생님의 파란색 글씨가 보였다.

그럼 성재는 무슨 음식 좋아해? 선생님은 카레를 가장 좋아해. 나를 닮아서 아람이도 좋아하는 음식이야.

선생님 아들은 여섯 살이고 이름이 한아람이라고 했다. 장난감 자동차를 가장 좋아하고, 엄마 껌딱지라고 말했다. 선생님은 나에게 종종 아람이 이야기를 했다. 핸드폰 사진으로 본 아람이는 무척 귀여웠다. '나에게도 저렇

게 귀여운 동생이 있었다면 어땠을까……. 그럼 지금처럼 외롭지 않았을 텐데…….'

나는 여섯 살 때 가장 불행했다. 엄마가 떠났으니까. 선생님이 아람이 이야기할 때마다 좋은 엄마랑 사는 아람이가 부러웠다.

선생님, 저도 카레 좋아해요.

선생님 편지 아래에 적었다.

나는 카레의 향이 좋다. 카레의 채소들은 오므라이스의 채소들처럼 숨지 않고 각각의 모습을 솔직하게 드러내니까.

하준이랑 우리 집에 놀러 와. 아람이가 형들이랑 놀고 싶대.

선생님 편지를 보고 반가웠다. 아람이를 꼭 만나 보고 싶었기 때문이다. 아람이를 만난다면 정말 신나게 놀아 줄 자신이 있었다.

약속해요. 꼭 놀러 갈게요.

연필로 꾹꾹 눌러 적었다.

비가 많이 내리던 날이었다. 할머니가 집 앞에서 미끄러져 다리에 깁스했다. 할머니는 나에게 아빠이자, 엄마다. 할머니가 다치자 겁나고 무서웠다. 병원에서는 뼈가 붙을 때까지 되도록 움직이지 말라고 했는데, 할머니는 밥한다고 자꾸 부엌으로 나왔다. 속상했다.

나는 마음 노트에 할머니 이야기를 적었다. 누구에게도 말하지 못했지만, 선생님에게는 할 수 있었다. 유일하게 내 이야기를 들어 주는 선생님에게.

할머니가 다리를 다쳤다. 연세가 많아서 뼈가 잘 붙지 않는다는데 걱정이다. 어제는 처음으로 할머니 대신 밥을 했다. 물을 많이 넣어서 죽처럼 되었지만, 할머니는 술술 잘 넘어가서 속이 편하다고 했다. 할머니가 빨리 나았으면 좋겠다.

선생님이 답장을 써 줬다. 나보고 기특하다고 했다. 선생님도 할머니가 낫길 기도하겠다며 위로해 줬다.

집에 가려는데 하준이가 나를 붙잡았다.

"같이 축구 하자."

하준이는 친구들과 함께 모여 있었다. 하준이 주위에는 늘 친구가 많았다.

"축구 못하는데?"

"그냥 뛰면 돼! 시합해야 하는데 인원이 모자라."

"알겠어."

하준이와 같이 있으면 나도 인기가 많아질 것 같았다. 얼떨결에 어울려서 축구를 했다. 하준이는 역시 잘 달렸다. 공을 이리저리 패스하며 경기를 이끌었다.

"성재야! 여기로 패스해."

공이 내 쪽으로 굴러오자 하준이가 소리쳤다. 힘껏 발

로 찼지만, 공은 다른 곳으로 굴러가 버렸다. 하지만 하준이는 괜찮다며 손짓했다.

나는 공만 졸졸 쫓아다니며 땀만 뺐다. 그래도 땀을 흘리고 나니 개운했다.

하준이가 결정적인 골을 넣으며 우리 팀이 이겼다. 하준이는 한쪽 팔을 높이 들고 운동장을 돌며 멋진 골 세리머니를 했다. 아이들이 하준이를 좋아하는 이유가 있었다. 그런 하준이가 부러웠다.

"앞으로 같이 축구 하자."

하준이가 젖은 머리카락을 털면서 말했다.

"봐서."

나도 같이 하고 싶었지만, 운동 신경이 없는 터라 선뜻 좋다고 말하기 힘들었다.

"운동도 해야 느는 거야. 내일도 콜!"

하준이가 내 어깨에 손을 올렸다.

나는 고개를 끄덕였다.

하준이와 헤어지고 혼자 집으로 가는 길에 자꾸 웃음

이 나왔다. 운동장에서 친구들과 같이 뛰어 본 것이 처음이었다.

"성재야! 이쪽으로 차."

"잘했어."

친구들 목소리를 들을 때마다 기분이 좋았다. 함께 뛰며 땀 흘리는 것은 생각보다 괜찮았다.

집에 들어가려다가 멈칫했다. 집에서 카레 냄새가 났다. 할머니는 아직 다리가 불편해서 슈퍼에 갈 수 없었다. 집에 카레 재료도 없었는데 이상했다.

대문을 열고 들어가자 할머니가 손짓했다.

"할머니, 아무것도 하지 말라니까."

할머니가 많이 움직였을까 봐 걱정되었다.

"누가 이런 걸 보냈어."

할머니 앞에 커다란 상자가 놓여 있었다.

"이게 뭔데?"

상자를 열어 봤더니 여러 가지 음식 재료들이 들어 있었다.

"여기 있는 재료를 넣고 끓이면 음식이 되더라."

할머니는 음식이 꽤 맛있다고 했다.

핸드폰을 꺼내 보니까 선생님에게 문자가 와 있었다.

성재야, 여기 밀키트 맛있더라.

그냥 재료 넣고 끓이기만 하면 되니까 할머니와 맛있게 먹어.

성재가 좋아하는 카레도 있어.

선생님이었다. 상자 안에는 불고기와 할머니가 좋아하는 된장찌개까지 있었다.

"선생님이 보내 주셨어."

냉장고에 재료를 넣는데, 할머니가 내 어깨에 손을 올렸다.

"꼭 감사하다고 전해 드려."

할머니 눈가에 눈물이 그렁그렁했다.

할머니와 카레에 밥을 비벼서 먹었다. 따뜻한 카레를 먹자 가슴속까지 뜨거워졌다. 오늘부터 내가 가장 좋아

하는 음식은 카레가 되었다. 맛있어서 밥을 두 그릇이나
먹었다.

° ° °

　선생님의 사고 소식을 듣고 교실에 왔을 때, 하준이가
이상한 행동을 했다. 아이들이 모두 슬픔에 잠겨 있는데
나에게 물병 세우기를 하자고 했다. 심지어 실실 웃기까지
했다. 노는 것을 좋아하는 줄은 알고 있었지만 이런 아이
는 아니었다.

　"그럼 어떡하라고!"

　소리 지르는 하준이 목소리가 가늘게 떨렸다. 그러더니
끝내 선생님이 아끼는 지구본까지 깨 버렸다. 지구본이
깨졌을 때 추억까지 조각나는 느낌이었다. 선생님이 가고
싶어 하는 나라에 스티커를 붙이라고 했을 때, 나는 캐나
다에 스티커를 붙였었다. 텔레비전에서 나이아가라 폭포
를 봤는데, 정말 멋졌다. 시원하게 떨어지는 물줄기를 보

면 마음이 뻥 뚫릴 것만 같았다. 언젠가는 꼭 가고 싶었던
곳이 조각 나 있었다. 나는 화가 나서 하준이 어깨를 주먹
으로 때렸다. 하준이에게 정신 차리라고 말해 주고 싶었
다. 하준이는 힘없이 바닥으로 넘어지더니 굳은 표정으로
나를 쳐다봤다.

　내가 뒤돌아서자 하준이가 달려들어 나에게 매달렸다.
그러고는 나를 때렸다.

우리는 바닥을 뒹굴며 싸웠다.

"뭐 하는 거야?"

해나와 아이들이 달려와서 말렸다.

나는 바닥에 그대로 주저앉았다. 하준이는 바닥에 웅크린 자세로 꼼짝도 하지 않았다.

하준이는 나를 보며 알 수 없는 표정을 지었다. 웃는 것인지, 우는 것인지 모를 모습으로 나를 한동안 바라봤다.

30분 약속

해나

선생님이 마음 노트를 쓰자며 아이들에게 공책을 나눠 줬다. 처음에는 글쓰기 실력을 높이기 위해서 좋다고 생각했다. 그래서 육하원칙을 적용해 쓰려고 노력했다. 논술 학원에서 배웠던 것처럼.

엄마는 6학년이 되면서 학원 숫자를 늘렸다. 공부는 습관이라고 했다. 습관이 잡혀야 앞으로 공부하는 데 도움이 된다며 문제집까지 풀게 했다. 학원에 갔다가 집에 오면 9시가 넘었는데, 그때부터는 학원 숙제를 해야 했다.

마음 노트에 학원 갔던 이야기를 적었다. 쓸 이야기가

그것밖에 없었다. 구구절절 적다 보니 한 페이지를 다 적었고, 숙제를 완벽하게 했다는 생각에 뿌듯했다. 선생님이 논리적으로 잘 썼다거나 한 페이지를 다 채워서 잘했다고 칭찬할 줄 알았다. 하지만 선생님은 이전 선생님들과 달랐다.

학원에서 늦게 왔나 보네? 힘들지? 해나는 놀 시간이 부족해 보여. 너만의 시간을 만드는 건 어떨까? 도와줄게. 공부만 하면 지칠 수 있거든.

그 후로 선생님은 나에게 따로 숙제를 냈다. 놀이 숙제. 하루에 30분 동안 내가 하고 싶은 것을 하고 마음 노트에 적으라고 했다. 뭣부터 시작해야 할지 몰랐다. 내가 뭘 좋아하는지도 생각나지 않았다. 고민을 말했더니 선생님이 같이 찾아보자고 했다.

선생님은 가끔 보석 십자수를 해. 다 만들고 나면 반짝반짝 빛나.

너도 한번 해 볼래?

　선생님 이야기를 듣고 문방구에 갔다. 작고 귀여운 강아지부터 내가 좋아하는 캐릭터까지 여러 보석 십자수 도안이 있었다. 나는 먼저 고양이와 강아지 스티커 보석 십자수를 샀다. 반짝이는 보석 알갱이로 도안을 채워 넣는 것이다. 처음에는 작은 알갱이를 붙이는 게 쉽지 않았는데 하나씩 만들수록 재미있었다. 완성한 강아지와 고양이는 반짝반짝 빛났다. 답답했던 마음에도 조금씩 빛이 들어오는 것 같았다. 만든 것을 필통에도 붙였고, 가방에도 매달았다. 마음 노트 표지에도 빨간 하트 모양의 보석 십자수를 붙였다. 마음 노트가 반짝반짝 빛났다.

　나에게 30분은 소중한 시간이 되었다. 어느 날은 30분 동안 그네를 탔다. 모래 놀이를 하거나 친구와 수다도 떨었다. 30분 동안 하고 싶은 것들을 찾아가다 보니 마음 노트처럼 내 마음도 풍성해졌다.

졸업을 앞두고 교실이 시끌시끌했다. 모두 마지막 과제를 하느라 바빴다. 마지막 과제는 졸업 영상을 만들고 편집하는 것이었다. 원하는 친구들끼리 조를 짜서 서로 인터뷰했다.

"졸업 영상은 잘 만들고 있어?"

선생님이 아이들을 둘러보며 물었다.

"아니요. 이걸 왜 해야 해요? 재미없어요."

아이들에게서 불만 섞인 목소리가 나왔다.

"나중에 모두 추억이 될 거야! 선생님도 이벤트를 준비했는데 뭘까?"

선생님이 은색 열쇠를 흔들었다.

"열쇠가 힌트예요?"

하준이가 손을 번쩍 들고 말했다.

"그럴 수도 있고, 아닐 수도 있어. 궁금하지?"

선생님은 어떤 문제든 늘 놀이로 해결하는 것을 좋아했다.

"그거 마지막 서랍 열쇠죠?"

나는 마음 노트를 걷어서 선생님 책상 아래에 있는 마지막 서랍에 넣었다. 그러면 선생님은 서랍을 열쇠로 잠갔다. 마음 노트는 우리의 마음이기 때문에 함부로 봐서는 안 된다며 소중히 다뤘다.

"그것과도 연관이 있을 수 있지! 하루에 한 번씩 힌트를 줄 거야. 모두 힘을 합쳐서 맞혀 봐. 맞히면 진짜 이벤트가 열리는 거야."

어떤 이벤트일지 정말 궁금했다. 뭔가 특별한 일이 벌어질 것 같았다.

선생님은 날마다 칠판 오른쪽에 파란색 분필로 그날의 힌트를 적어 나갔다.

첫 번째 힌트 - 졸업
두 번째 힌트 - 행복
세 번째 힌트 - 마음

힌트가 주어질 때마다 아이들은 무엇일지 추리했다.

"졸업에 관한 거니까 사진 찍는 이벤트일까?"

내가 먼저 의견을 말했다.

"졸업 사진 찍었잖아. 또 찍겠어?"

다른 아이가 나섰다.

"선물 주려나?"

하준이가 말했다.

"우리가 어떤 선물인지 맞혀야지."

"아…… 궁금해. 내일 확실한 힌트를 준다고 했으니까 기다려 보자."

아이들은 오가며 칠판에 적힌 힌트를 봤다.

하지만 네 번째 힌트는 끝내 칠판에 적히지 않았다. 선생님이 준비한 이벤트는 뭐였을까? 마지막으로 준비한 선물은 무엇일까? 선생님이 생각날수록 더욱 궁금해졌다.

○ ○ ○

아침에 부장 선생님이 우리 반에 와서 선생님이 위독하다고 하셨다. 그때까지도 이런 일이 생길지 상상도 못했다. 뉴스를 통해서 사망자 명단을 듣는 순간 가슴이 철렁 내려앉았다. "정말이야?" 엄마에게 물었더니 엄마가 슬픈 표정을 지었다. 하지만 내 걱정을 먼저 했다. 졸업을 앞두고 이런 일이 생겨 어쩌냐고. 이제 곧 중학생이 되는데 마음이 흔들려서 걱정이라며 아빠와 이야기를 나눴다. 남 이야기하듯 말하는 아빠 엄마가 싫었다. '정말 선생님이 돌아가셨다고?' 믿을 수 없는 사실이었다. 실감 나지 않았다.

교실로 들어갔더니 온통 슬픔으로 가득 차 있었다. 교실 분위기는 물 먹은 스펀지처럼 무겁게 가라앉았다. 지우는 계속 훌쩍대며 울었고, 책상 위에 엎드려 있는 아이도 있었다. 칠판에는 세 번째 힌트까지 적혀 있었다. 네 번째 힌트 옆에는 아무런 글자도 없었다. 마치 선생님이 와서 네 번째 힌트를 적어 주며 웃을 것 같았다.

선생님이 돌아가셨다는 사실이 믿기지 않았다. 울지 않

으면 아이들이 나를 이상하게 생각할 것 같아 슬픈 생각을 하며 억지로 눈물을 짜냈다. 체한 것처럼 속이 답답하고 울렁거렸지만, 눈물은 끝내 나오지 않았다.

화장실 가는 길에 엎드려 있는 민지를 봤다. 민지는 머리카락으로 얼굴을 가린 채 다이어리에 스티커를 붙이고 있었다. 나처럼 눈물이 나지 않는 아이가 또 있는지 교실 안을 두리번거렸다. 노트에 낙서하거나 책상 밑에서 손장난을 치는 아이도 있었지만 모두 슬픈 표정이었다.

이런 상황에서 하준이와 성재가 싸웠다. 둘이 치고받는데 아무도 말리지 않아서 내가 나섰다. 처음엔 한심해 보였는데 하준이의 굳은 표정을 보자 조금은 이해가 되었다.

'하준이도 나처럼 이 상황을 믿지 못하는구나.'

젊은 남자 선생님이 교실로 들어왔다. 졸업을 일주일 앞두고 새로운 선생님이 온 것이다.

하준이와 성재도 싸움을 멈추고 자리에 앉았다.

"남은 시간 잘 지내보자."

선생님은 칠판에 '한기찬'이라고 이름을 적었다.

한기찬 선생님은 교실을 둘러봤다.

"누가 지구본 깨진 것 좀 정리할래?"

깨진 지구본이 책상 밑에 널브러져 있었다.

나는 벌떡 일어났다. 하준이도 정리한다고 앞으로 나왔다. 하준이와 나는 지구본 조각들을 하나하나 정리했다. 정리하다 보니 은색 열쇠가 보였다. 지구본과 같이 떨어진 것 같았다.

"이게 마지막 서랍 열쇠야?"

하준이가 열쇠를 가리켰다.

"맞아."

나는 열쇠를 어떻게 해야 할지 몰라서 만지작거렸다.

한기찬 선생님이 다가왔다.

"무슨 열쇠지?"

"선생님 열쇠인데요. 저 서랍에 마음 노트가 들어 있어요."

나는 한기찬 선생님에게 열쇠를 건넸다.

"나중에 열어 보자. 오늘은 장례식장에 갈 거야. 선생님과 마지막 인사 해야지."

한기찬 선생님이 우리를 안쓰럽게 보는 것 같았다.

우리는 한기찬 선생님과 함께 장례식장으로 갔다. 나는 장례식장에 한 번도 가 본 적이 없다. 그곳이 어떻게 생겼는지, 가서 뭘 해야 하는지도 모른다. 장례식장 가는 버스 안에서 창문으로 바깥을 봤다. 선생님이 남긴 이벤트가 궁금했다. 아이들이 울며 슬퍼할 때 나는 멍하니 칠판을 바라보며 적혀 있는 힌트를 몇 번이고 읽었다. 마지막 서랍, 그리고 열쇠. 열쇠를 발견했을 때 선생님의 마지막 이벤트가 생각났다. 마치 선생님이 남긴 선물을 찾으라고 말하는 것 같았다. 하지만 지금은 아이들과 같이 슬퍼해야 한다. '선생님이 너를 그렇게 아꼈는데 눈물 한 방울 흘리지 않니?' 누군가가 나에게 이렇게 말할 것 같았다. 나는 다시 한번 나오지 않는 눈물을 억지로 짜냈다.

아이들과 함께 장례식장 안으로 들어갔다. 장례식장은 지하에 있어서 좁은 계단을 통해 내려가야 했다. 아래로 내려갈수록 처음 맡아 보는 이상한 냄새가 났다. 아이들도 코를 만졌다. 도착한 곳에는 여러 개의 방이 보였다. 방을 지나갈 때마다 울음소리와 시끄러운 소리가 섞여 들렸다. 나는 입을 꼭 다물고 고개를 숙였다. 왠지 이곳에서는 그렇게 해야 할 것 같았다. 검은 옷 입은 상주들이 머리에 하얀 핀을 꼽고 멍하니 있었다. 핏기 없는 얼굴과 아무런 표정조차 없는 모습이 조금 무섭기도 했다.

"여기야. 선생님께 인사하자."

한기찬 선생님이 가리킨 곳에는 서해수 선생님 이름이 적혀 있었다. 차례대로 신발을 벗고 들어갔다. 그때 옆방에서 할머니가 바닥을 치며 통곡했다. 방마다 칸막이로 되어 있어서 옆방 소리가 잘 들렸다.

"아이고, 내 새끼. 밥 먹어야지. 거기서 뭐 하는 거야?"

할머니는 바닥에 엎드려 있었다.

나는 힐끔 그 방을 들여다봤다. 남자아이 사진에 검은 줄이 두 개 보였다. 선생님과 함께 사망했다던 4학년 남자아이였다.

"내 새끼. 아이고, 내 새끼."

할머니는 흐느꼈고, 아이 엄마는 어디에도 보이지 않았다. 슬픔이 장례식장 안을 가득 메우고 있었다.

나는 방 안으로 들어갔다. 국화로 장식된 곳에 선생님이 환하게 웃고 있었다. 눈을 비비고 다시 봐도 선생님이 분명했다. 한기찬 선생님을 따라서 아이들이 하얀 국화꽃을 하나씩 사진 앞에 두었다. 나도 국화꽃을 놓았다. 선생님이 저렇게 웃고 있는데 돌아가셨다는 것이 실감 나지 않았다. 아이들이 울기 시작했다. 선생님 영정 사진 앞에서 훌쩍이는 소리가 장례식장 안에 울렸다. 큰일이다. 눈물이 나지 않았다. 당장 내일 선생님이 "해나야, 마음 노트 걷어서 마지막 서랍에 넣어 놔."라고 말하며 웃을 것 같았다.

30분 자유 시간에 뭘 하며 놀지 얘기해 줄 것 같았다. 아이들 모두 우는데 나만 울지 않았다. 손등을 꼬집어 봤다. 아팠지만, 끝내 눈물이 나지 않았다. 고개를 더 푹 숙였다.

"선생님. 으흐흐흑."

성재였다. 성재는 바닥에 엎드려 울었다. 친구도 없고 조용한 성재에게 선생님은 특별한 사람이었다. 성재는 5학년 때도 같은 반이었지만, 있는지 없는지 모를 정도로 조용한 아이였다. 6학년이 되어서 성재가 장난치는 것도 좋아하고 웃을 줄 아는 아이라는 것을 알았다. 옆에 있던 하준이가 성재를 일으켰다. 입을 굳게 다문 하준이도 울지 않았다. 나는 하준이를 보며 안도의 한숨을 쉬었다.

선생님 남편이 옆에 서 계셨다. 빨갛게 눈이 충혈된 모습이었다. 우리에게 와 줘서 고맙다며 인사한 후 한동안 고개를 들지 못했다.

"아람아, 인사해야지."

선생님 남편이 장난감 자동차를 가지고 놀던 아이를 데리고 왔다. 아이는 양손에 자동차를 들고 웃었다. 아이는 선생님을 많이 닮았다. 쌍꺼풀 없는 눈에 하얀 피부.
마치 선생님을 보는 듯했다.

"형, 누나들이야."

선생님 남편이 아람이 어깨를 감싸안았다.

"이 자동차 엄청 멋지지? 엄마가 사 줬어."

아이가 장난감 자동차를 높이 들고 자랑했다.

나는 아이의 머리카락을 쓰다듬었다.

선생님을 이젠 볼 수 없다고 생각하니 가슴이 터질 것
같았다. 가슴은 폭발할 것 같은데 눈물이 나오지 않았다.
나는 고개를 푹 숙인 채 장례식장을 나왔다. 친구들 눈이
빨갰다. 한 번도 선생님을 본 적 없는 한기찬 선생님 눈가
도 촉촉이 젖어 있었다.

우리는 각자 집으로 돌아갔다.

집으로 가는 길에 문자가 왔다.

학원 늦지 마.

엄마였다. 오늘 장례식장에 다녀온다는 것을 뻔히 알면서도 이런 문자를 보낸 것이다.

집에 가서 엄마랑 싸우기 싫었다. 엄마는 공부가 최고니까. 그냥 학원으로 가는 게 나을 것 같았다.

학원 앞에서도 망설였다. 이런 날, 학원에 가는 것이 부끄럽게 느껴졌다. 주춤하고 있는데 학원 친구가 내 어깨를 툭 쳤다.

"뭐 해? 같이 들어가자."

나는 학원 친구와 함께 학원 안으로 들어갔다. 아무 생각도 하기 싫어서 책상에 앉아 열심히 필기했다. 머리와 손이 따로 노는 느낌이었다.

수업 시간이 조금 지나서 지우가 고개를 푹 숙인 채 교실로 들어왔다. 지우도 학원에 와서 놀랐다. 나는 지우와 눈을 마주치기 싫어 고개를 더 숙여서 필기했다. 누구와 어떤 말도 하고 싶지 않았다.

학원 수업이 끝나고 놀이터로 갔다. 나를 위한 시간 30분을 지키기 위해서. 놀이터에는 아무도 없었다. 나는 그네를 탔다. 겨울바람이 차가워서 볼이 얼얼했다. 콧속으로 차가운 바람이 스며들자 마음이 꽁꽁 얼어 버릴 것 같았다.

'오늘은 마음 노트에 그네 탄 이야기를 해야지. 그네를 탔더니 속이 아주 시원했다고. 그리고 마음이 편해졌다고. 그렇게 써야지.'

그런데 마음 노트를 읽어 줄 선생님이 없다는 생각에 가슴이 아팠다. 발을 굴러서 더 높이 올라갔다. 어스름한 하늘이 보였다.

'선생님이 저기에 있는 걸까?'

갑자기 눈물이 났다. 나는 그네에서 내려와 미끄럼틀 아래로 숨었다. 걷잡을 수 없이 눈물이 쏟아졌다.

'선생님, 미끄럼틀 아래는 내 공간 같아요. 여기에 있으면 아무도 나를 볼 수 없어요.'

나는 꺽꺽 소리 내어 속이 뻥 뚫리도록 울고 또 울었다.

비밀 일기

지우

저녁 9시가 되었지만, 아빠가 오지 않았다. 시간이 지날
수록 불안해졌다.

나는 습관처럼 머릿속으로 안 좋은 상상을 시작했다.

'아빠는 술 마시고 와서 엄마와 나를 괴롭힐 거야. 오늘
은 어디로 숨어야 할까? 아빠를 피해 도망가려면 점퍼도
미리 챙겨 놔야 해. 저번에 그냥 도망갔다가 추워서 덜덜
떨었잖아.'

방에 앉아서 온갖 부정적인 생각을 했다.

현관문 열리는 소리가 났다. 가슴을 졸이며 방문을 열

었다. 아빠였다. 한 손에는 치킨을 들고 있었다. 아빠는 우리를 괴롭힌 다음 날에 꼭 맛있는 음식을 사 와서 식탁에 잔뜩 늘어놓았다. 먹기 싫어도 아주 맛있다는 듯이 먹었다. 그토록 괴롭히던 아빠의 모습은 온 데 간 데 없었고, 허허 웃는 아빠가 식탁 의자에 앉아 있었다.

한동안 아빠가 술을 먹지 않고 왔다. 우리 집에 평화가 온 것 같았다. 그렇지만 한시라도 긴장을 늦출 수 없었다. 내가 방심한 사이에 술을 마시고 와서 또 괴롭힐지 모르니까. 나쁜 일은 예상하지 못할 때 생겼기 때문에 나는 의무적으로 저녁이 되면 안 좋은 상상을 했다. 범죄 영화에 나오는 장면처럼 잔인한 상상까지 하다 보면 마음이 우울해졌다.

이상하게 꽤 오랫동안 별일이 없었다. '이렇게 행복해도 될까?'라는 생각이 들었다. 아빠는 친절했고, 엄마는 중학교를 대비해야 한다며 수학 학원을 끊어 줬다. 중학교 수학은 정말 어려웠다. 들어도 무슨 말인지 도통 이해가 되지 않았다. 한 살을 더 먹는 것인데 수학 문제 수준은 몇

단계나 높아져서 머리가 아플 지경이었다. 중학교 문턱은 터무니없이 높아만 보였다.

선생님이 내준 마음 노트 숙제는 그럭저럭 할 만했다. 마음 노트를 안 써 와 남아서 청소하는 아이들이 이해가 안 됐다. 그냥 일기처럼, 있었던 이야기를 조금 꾸며서 쓰면 된다. 나처럼. 중학교 수학이 너무 어렵다는 이야기부터, 해나랑 다퉈서 속상했던 평범한 이야기를 썼다. 선생님은 마음 노트에 정성스럽게 편지를 써 줬다. 가끔은 마음을 숨기고 있는 것이 미안할 정도로 나에게 진심으로 다가왔다.

"문 열어!"

현관문 두드리는 소리와 술 취한 아빠 목소리가 들렸다.

방심하고 나쁜 상상을 안 했던 탓이었을까? 술 마시고 온 아빠는 한참 동안 큰소리로 욕했다. 나를 바닥에 앉혀 놓고, 했던 말을 도돌이표처럼 반복했다. 시계를 봤더니 새벽 4시였다. 졸리고 힘들어서 그만 자라고 설득했지만

소용없었다.

'아빠에게 몰래 수면제를 먹일까? 그럼 이 지옥에서 벗어날 수 있지 않을까?'

수없이 생각했다. 하지만 실천으로 옮기지 못했다.

힘든 상상을 한 날은 어두운 굴로 깊이 걸어 들어가는 기분이었다. 나는 노트에 짧게 적었다. 다른 이야기를 하다가 마지막에 푸념을 늘어놓았다.

행복한 상상은 하지 말았어야 했어. 앞으로 나에게는 안 좋은 일만 생길 거야.

감정에 복받쳐 쓴 이야기였다.

지우야, 무슨 일 있니? 행복한 상상은 절대 잘못이 아니야. 여기 말고 다른 곳에 네 마음을 표현해 봐. 슬픔과 아픔을 적으며 감정을 쏟아 내는 거야. 그리고 마지막에는 희망의 단어를 하나만 적어 볼래?

선생님의 답장이 보였다. 처음에는 선생님 말이 무슨 뜻인지 몰랐다. 희망을 적으라는 말이 우습게 여겨졌다.

'선생님은 내 상황을 모르니까 그렇게 쉽게 말할 수 있겠지. 선생님처럼 행복한 사람이 어떻게 알겠어?'

내가 집을 떠나기 전까지 아빠는 나를 괴롭힐 것이다. 그래서 나에게는 희망이 없다.

다음 날 아침에 등교했더니 서랍에 수첩이 들어 있었다. 비밀번호로 잠글 수 있는 귀여운 수첩이었다. 선생님이 말한 '다른 곳'이 이곳인가 싶었다.

나는 비밀번호를 설정하고 일기를 썼다. 아빠가 나를 괴롭힐 때, 엄마가 집을 나갔다가 들어왔을 때, 슬픔에서 벗어나기 힘들 때, 일기를 쓰고 비밀번호로 잠갔다. 아무도 볼 수 없게 말이다. 선생님 말대로 감정을 쏟아 내고 마지막엔 희망을 써 보기로 했다.

처음에는 쓸 희망이 없었다. 희망 한 글자를 쓰는 것이 이렇게 힘든지 몰랐다. 마음 노트에 고민을 적었더니 선생님이 알려 줬다.

사소한 희망부터 적어 봐. 선생님은 아침에 일어났을 때 문 앞에 배달된 딸기 요구르트를 먹을 때 행복해. 딸기 요구르트가 희망이야.

선생님 말대로 힘들고 답답한 이야기 뒤에 작은 희망을 하나씩 적었다. 오늘은 급식에서 돈가스가 나온다고 해서 희망을 적었다. 바삭한 돈가스를 생각하니 점심시간이 더 기다려졌다. 적다 보니 일기가 조금씩 바뀌는 것 같았다.

∘ ∘ ∘

이번에는 정말 예상하지 못했던 슬픔이 닥쳐왔다. 이것은 부정적인 생각으로도 예측할 수 없는 일이었다. 선생님이 돌아가셨다는 것. 뉴스를 보다가 숨이 턱 막혔다.

아빠가 나를 괴롭히는 아픔과 비교할 수 없었다. 마음이 아픈데 눈물이 나오지 않았다.

장례식장을 나와 곧바로 집으로 갔다.

"오늘은 학원 안 가도 돼."

엄마는 멍하니 앉아 있는 나를 보고 말했다.

"왜?"

목멨다.

"선생님이 그렇게 되셨는데……."

엄마가 깊은 한숨을 쉬었다.

선생님의 사고를 인정하고 싶지 않았다. 나와 선생님을 불쌍하게 바라보는 엄마의 눈빛도 싫었다. 나는 학원 가방을 들고 뛰쳐나왔다. 밖에는 매서운 바람이 불었다. 날카로운 바람이 내 가슴을 찌르는 것 같았다. 나왔더니 막상 갈 곳이 없었다. 망설이다가 그냥 학원 앞으로 갔다. 이 상황에 학원 가는 것이 부끄러워 고개를 푹 숙이고 학원 안으로 들어갔다. 학원에 앉아서도 아무 생각이 나지 않았다. 선생님이 돌아가셨다는 사실을 믿기 힘들었다.

학원에는 해나도 있었다. 해나는 열심히 필기하며 수업을 들었다. 아무 일도 없었던 것처럼 행동했다. 나는 힐끔힐끔 해나를 보다가 말았다. 어쩌면 해나도 나와 같은 마음으로 학원에 왔을지도 모른다.

선생님이 돌아가셨는데 나는 학원에 왔다. 그리고 진도를 따라가려고 수업도 들었다. 이런 내 모습이 너무 싫었다. 집에 들어가자마자 저녁도 안 먹고 방문을 잠갔다. 배 속에서 꼬르륵 소리가 났다. 배고파서 또 화가 났다.

'쿵쾅쿵쾅.'

아빠가 술을 먹고 왔다. 또 시작이다. 오늘 같은 날, 아빠까지 나를 힘들게 하려나 보다. 선생님이 더 생각났다. 엉엉 울며 집을 뛰쳐나왔다.

내가 나가면 아빠는 엄마를 더 괴롭힐 것이다. 딸을 버릇없이 키웠다고 엄마를 힘들게 할 게 뻔했다. 하지만 견딜 수 없었다. 양말도 안 신고 나온 탓에 발가락이 얼 것 같았다. 찬 바람까지 쌩쌩 불었다. 나는 바람을 피하고자 공원에 있는 큰 나무 뒤에 숨었다. 눈물이 뚝뚝 떨어졌다. 깜깜

한 밤하늘을 올려다봤다. 별조차 보이지 않는 밤하늘이었다. 그때 싸라기눈이 내렸다. 내가 좋아하는 눈. 그리고 선생님이 좋아하는 눈. 나는 밤하늘을 보며 엉엉 울었다.

밤늦게 집에 들어갔다. 현관 앞에 엄마가 겉옷을 들고 서 있었다. 엄마는 나를 찾으러 다녔다고 했다. 핸드폰도 두고 나가서 연락이 안 됐다.

"어디 갔었어? 이러다 감기 걸리겠어."

엄마가 꽁꽁 언 내 손을 잡았다.

"공원에. 아빠는?"

"주무셔."

다행히 아빠가 일찍 잠들었나 보다. 아빠의 코 고는 소리와 엄마의 깊은 한숨 소리가 들렸다.

나는 방에 들어가서 일기장을 펼쳤다. 슬픈 감정들과 아직도 믿을 수 없는 이야기를 한참 썼다. 그리고 마지막에 희망을 한 줄 적었다.

선생님과 내가 좋아하는 눈이 왔다.

여섯 살 아람이

성재

장례식장 다녀오는 버스 안에서 한기찬 선생님과 나란히 앉았다. 얼마나 울었는지 눈이 뻐근하고 부어서 잘 떠지지 않았다. 장례식장에서 선생님 영정 사진을 보자마자 고장 난 수도꼭지처럼 눈물이 줄줄 흘렀다.

"성재야!"

선생님이 나를 부를 것만 같아서 '꺽꺽' 울었다. 한바탕 울고 났더니 속은 시원했지만, 가슴에 커다란 구멍이 뚫린 것처럼 차가운 바람이 들어왔다.

창문으로 바깥을 봤다. 겨울나무들이 줄지어 있었다.

나뭇잎 없이 겨울을 견디는 나무를 보니 더 쓸쓸한 마음이었다. 문득 선생님과 마음 노트에 한 약속이 떠올랐다.

하준이랑 토요일 3시에 선생님 집에 놀러 올래? 아람이가 심심하다고 형들하고 놀고 싶대. 선생님이 맛있는 밥 해 줄게.

답글로 '네. 좋아요.'라고 쓴 후에 마음 노트는 더 이상 되돌아오지 않았다.

"선생님, 서해수 선생님과 한 약속을 지키고 싶어요."

한기찬 선생님에게 작은 목소리로 말했다.

"그게 뭔데?"

"아니에요."

선생님도 없는 집에 갈 수는 없었다.

"말해 봐."

나는 선생님과 한 약속에 대해 말했다.

"음……. 교실에 있는 짐을 정리해서 보내야 하는데……. 생각해 볼게."

한기찬 선생님이 안 된다고 할 줄 알았다. 하지만 방법을 생각해서 알려 준다고 했다. 잘한 일인지 모르겠지만, 마지막 약속을 지키고 싶었다. 장례식장에서 장난감을 가지고 놀던 아람이도 자꾸 생각났다.

한기찬 선생님이 교실에 있는 짐을 정리해서 보낼 때, 우리를 선생님 집에 데려다줬다. 집으로 들어갔더니 거실에 가족사진이 걸려 있었다. 선생님이 환하게 웃고 있었다. 선생님이 방에서 나와 우리를 반길 것 같았다.

"너희들이구나. 얘기 많이 들었어."

선생님 남편이 애써 웃었다.

선생님 남편 뒤에서 아람이가 고개를 빼꼼 내밀었다.

"아람아, 형들 왔어."

선생님 남편이 말하자 아람이가 장난감 자동차를 내밀었다.

나와 하준이는 블록으로 자동차 도로와 언덕을 만들었다.

"슝슝. 내가 빠르지!"

아람이는 도로와 언덕을 자동차로 달리며 소리쳤다. 아람이가 생긋 웃을 때마다 선생님의 모습이 떠올랐다.

"내가 더 빠를걸?"

나와 하준이는 도로를 자동차로 달리며 함께 웃었다.

"형, 진짜 빠르다. 내가 이길 거야. 자동차 타고 엄마한테 갈 거야."

아람이가 나를 앞질러 달렸다.

아람이 말에 목이 멨다. 여섯 살 때 떠난 엄마가 생각났다. 처음에는 할머니에게 엄마는 언제 오느냐고 떼를 썼고, 시간이 지났을 때는 엄마가 날마다 보고 싶었다. 엄마 목소리와 품이 그리웠던 그때가 생각나 아람이를 꼭 안았다.

"우리 엄마는 비행기 자주 태워 줬는데."

아람이가 나를 보며 웃었다.

나는 아람이를 두 팔로 안고 높이 들어서 '슈우웅' 비행기를 태워 줬다. 아람이의 깔깔대며 웃는 소리를 듣자 덩달아 웃음이 나왔다.

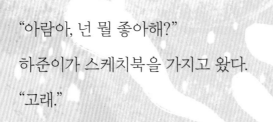

"아람아, 넌 뭘 좋아해?"

하준이가 스케치북을 가지고 왔다.

"고래."

"고래 그리자."

아람이와 함께 크게 고래를 그리고 색칠했다.

"우리 엄마는 바다를 좋아해."

아람이가 고래가 있는 곳에 넘실대는 바다를 그렸다.

우리는 파란 바다를 바라보는 선생님과 아람이를 그렸다. 커다란 고래가 헤엄치는 모습이 멋졌다.

한참 떠들고 놀다 보니 어둑해졌다.

아람이는 창밖을 바라봤다.

"아람아, 뭐 해?"

나는 아람이에게 다가가서 머리카락을 쓰다듬었다.

"엄마가 저기 산에 있대."

아람이는 창밖으로 보이는 언덕을 가리켰다.

"누가 그래?"

"아빠가."

"맞아, 저기서 아람이가 잘 지내는지 보고 있을 거야."

나는 할머니에게 들었던 이야기를 아람이에게 했다.

"엄마가 보고 싶어."

갑자기 아람이가 울음을 터뜨렸다.

"가만. 가만. 가만."

나는 아람이 등을 쓸어 주었다. 눈물이 나려는 것을 꾹

참았다. 아람이 앞에서는 울면 안 될 것 같았다.

"형이 잘 아는데, 아람이 마음속에도 엄마가 있어. 형 아빠도 마음속에 있거든."

하준이도 아람이를 안아 줬다.

"또 놀러 올게. 형이 보고 싶으면 아빠한테 말해."

하준이가 아람이와 손뼉을 마주쳤다.

하준이와 내가 집 밖으로 나갈 때까지 아람이와 선생님 남편은 손을 흔들었다.

우리는 선생님 집에서 나왔다.

"너, 진짜 또 올 거야?"

내가 하준이에게 물었다.

"응, 아람이가 좋다고 할 때까지 올 거야. 아빠가 돌아가셨을 때, 외롭고 심심했어. 그럴 때 내 옆에 누군가 있었다면 덜 외로웠을 거야."

하준이가 덤덤하게 말했다.

"나도 같이 올래."

하준이 어깨에 손을 올렸다.

"좋아."

하준이와 골목을 빠져나왔다. 겨울바람이 차가웠다. 나는 점퍼 모자를 뒤집어썼다. 하얀 입김이 풀풀 나왔다. 하준이도 추운지 점퍼 지퍼를 목까지 올렸다. 하준이와 나란히 걸었다. 내 옆에 하준이가 있어서 다행이라는 생각이 들었다.

졸업 선물

하준

"선생님, 마지막 서랍 열어 봐요."

나는 수업 시작 전에 한기찬 선생님에게 손 들고 말했다.

선생님이 마지막으로 남긴 마음 노트가 궁금했다.

한기찬 선생님은 나에게 열쇠를 건넸다. 나는 선생님 자리로 가서 마지막 서랍 열쇠 구멍에 열쇠를 넣었다. 손이 덜덜 떨렸다.

마지막 서랍에는 아이들의 마음 노트가 들어 있었다. 나는 마음 노트를 꺼내서 아이들에게 하나씩 나눠 줬다.

모두 마음 노트를 펼쳤다. 이번 마음 노트는 중학교에

올라가는 기분을 적는 것이었다.

내가 쓴 마음 노트와 선생님의 마지막 답장이 있었다.

선생님 글씨를 보는 순간 눈물이 핑 돌았다.

'마지막 마음 노트일 줄 알았다면 선생님에게 고맙다는 인사를 했을 텐데…….'

선생님, 중학교에 가기 싫어요. 솔직히 좀 무서워요. 계속 6학년만 하고 싶어요. 사실은요, 선생님하고 헤어지는 게 제일 싫어요.

중학교 가서도 선생님 만나러 놀러 와. 언제나 환영! 중학교 가면 하준이의 꿈에 한 발 더 가까이 가는 거야. 게임 프로그래머가 된다는 그 꿈. 선생님이 항상 응원하고 지켜볼게.

답장에 눈물이 뚝 떨어졌다. 선생님 글씨가 눈물에 번져서 손으로 닦았더니 더 번져 버렸다. 속상해서 또 눈물이 났다.

곳곳에서 마지막 편지를 읽은 아이들의 훌쩍이는 소리

가 들렸다.

한기찬 선생님은 아무 말 없이 아이들을 바라보다 말을 꺼냈다.

"칠판에 있는 힌트는 뭐야?"

한기찬 선생님이 말하자 아이들은 모두 칠판을 봤다.

첫 번째 힌트 - 졸업

두 번째 힌트 - 행복

세 번째 힌트 - 마음

"선생님이 문제를 맞히면 선물을 준다고 했어요. 근데 네 번째 힌트를 못 받았어요."

해나가 차근차근 설명했다.

"그럼 해나가 나와서 문제 풀고 선생님이 남긴 선물을 찾아볼래?"

한기찬 선생님은 우리에게 스스로 찾으라며 지켜봤다.

해나가 교탁 앞으로 나갔다.

"힌트 중에서 생각나는 게 있는 사람 말해 봐."

갑자기 조용했던 교실이 시끌시끌해졌지만, 누구도 선뜻 나서지 않았다.

"우리 힌트를 연결해 볼까? 졸업이 행복하다면 뭘까?"

해나가 칠판을 뚫어지게 보며 말했다.

"맞다! 선생님이 졸업은 행복한 것이라고 했어."

성재가 손 들었다.

"그럼 마음이랑 연결하면……."

해나가 마음이란 글자를 가리켰다.

"마음 노트."

내가 큰 소리로 외쳤다.

"마음 노트에 힌트가 있는 거 아닐까?"

다른 아이가 나서서 말했다.

아이들이 모두 마음 노트를 꼼꼼히 살폈다.

"노트 등에 숫자가 쓰여 있어. 난 3번이야."

"난 5번."

여기저기서 아이들이 숫자를 말했다.

"그럼 숫자 순서로 퍼즐을 맞춰 보자. 1번 누구야?"

해나가 칠판에 숫자를 적었다.

"나야."

내 노트 등에 1이라는 숫자가 쓰여 있었다. 나는 노트를 한 장 한 장 넘겨 봤다. 나와 선생님이 주고받은 이야기가 노트 안에 가득했다. 추억이 느껴졌다. 넘기다 보니 빨간색 볼펜으로 쓴 글자가 보였다. '사'였다.

"노트 안에 빨간색으로 적힌 글자가 있어. 다들 찾아 봐."

내가 말하자 아이들 모두 마음 노트를 들여다보며 빨간 글자를 찾고는 소리쳤다.

해나가 아이들 마음 노트에 있는 글자를 하나씩 번호 순서대로 적었다. 2번인 아이는 '물' 3번은 '함'이었다.

해나가 '사물함'이라고 칠판에 적자 모두 사물함 앞으로 모였다.

"난 숫자야. 2."

4번 아이가 말하자 바로 5번 아이가 '4'라고 외쳤다. 24

번은 빈 사물함이었다. 우리 반은 23번까지 있어서 24번
사물함은 아무도 만지지 않았다.

나는 재빨리 사물함을 열어 봤다. 사물함에는 파티할
때 쓰는 고깔모자가 여러 개 보였다. 고깔의 뾰족한 부분
에 빨간 하트 모양이 달려 있었다. 아이들은 고깔모자를
썼다. 어렸을 때 써 본 적이 있는 모자였다. 모두 고깔모자
를 쓰고 웃었다. 한기찬 선생님도 남은 고깔모자를 썼다.

"넌 머리가 커서 낀다, 껴."

"이거 진짜 오랜만에 써 본다."

아이들은 고깔모자를 쓰며 떠들었다.

"사물함 구석에 뭐가 있어."

해나가 파란색 종이쪽지를 펼쳤다.

다음 힌트는 뭘까? 서랍장으로 달려!

해나가 쪽지를 읽자 아이들
이 모두 서랍장 앞으로 후다닥

달려갔다.

나는 가장 먼저 도착해서 서랍장 문을 열었다. 성재와 정리했던 서랍장이었다. 다섯 개의 칸마다 스티커가 붙어 있었다.

첫 번째 스티커를 떼었더니 '아래', 두 번째 스티커도 '아래'.

"여기 운동회 때 썼던 응원 도구도 있어."

한 아이가 응원 도구를 이리저리 흔들었다.

"기억나? 최강 3반. 크크"

"진짜 재미있었는데!"

아이들이 떠들며 웃었다.

아래로 쭉 내려가다 보니 맨 아래 서랍에 '여기'라는 스티커가 붙어 있었다.

선생님이 맨 아래 서랍은 비워 놓으라고 했던 말이 기억났다.

서랍을 열어 봤더니 안에는 커다란 현수막이 있었다.

현수막에는 우리 반 단체 사진도 붙어 있었다.

고깔모자와 현수막만으로도 교실 분위기가 환해졌다.

성재와 키 큰 아이들이 현수막을 펼쳐서 칠판 위에 붙였다.

"현수막 뒤에 글이 있어!"

현수막을 붙이던 성재가 외치자 아이들이 몰려왔다.

다음 힌트는 청소함

모두 청소함으로 달려가서 여기저기 살펴보다가 아래에 있는 작은 서랍을 열었다. 서랍에는 알록달록한 풍선들이 있었다.

"풍선 불자."

아이들은 하나씩 풍선을 불어서 교실 곳곳에 장식했다. 선생님 책상 위에는 하트 모양 풍선을 붙였다. 고깔모자, 현수막, 풍선까지. 썰렁했던 교실이 꽉 찬 모습이었다.

"여기에 종이가 들어 있어!"

지우였다. 노란 풍선을 불던 지우가 그 안에서 종이쪽지를 발견하고는 크게 외쳤다.

내가 가서 풍선을 터뜨렸더니 '뻥' 소리와 함께 노란 쪽지가 나왔다.

마지막 힌트. 칠판 위. 신나게 놀아 보자.

키가 닿지 않아 의자 위로 올라가서 칠판 위를 살펴봤더니 USB가 있었다.

한기찬 선생님이 컴퓨터에 USB를 넣고 틀었다.

첫 화면에는 졸업 여행 때 찍은 단체 사진이 나왔다. 친구들이 손으로 하트 모양을 만든 모습이었다. 나와 몇몇 남자 친구들만 주머니에 손을 쑤셔 넣고 있었다.

그때 재미있는 자세로 사진 찍기를 했었다. 우리 조가 1등 한 사진이 다음 화면으로 나왔다. 망가진 모습이었다. 나는 일그러진 얼굴로 괴물 흉내를 냈고, 조원들은 도망가거나 잡히는 모습 사진이었다. 교실에서 웃음소리가 터져 나왔다.

"진짜 웃겼어. 하준이 표정 좀 봐."

"나는 하준이 표정보다 성재가 더 웃겨. 무서운 척하는

것 봐."

왜소한 내가 괴물이고 덩치 큰 성재가 겁에 질려 떠는 모습은 최고의 사진이었다.

다음 사진으로 해나네 조 사진이 나왔다. 해나는 입을 쭉 내밀며 뽀뽀하는 표정을 지었다. 몸까지 비비 꼬면서 말이다. 조원들까지 공주 표정을 지으며 예쁜 척을 했다.

"웩. 닭살이야, 닭살. 다시 봐도 느끼해."

"그러니까 2등 했지. 선생님이 연기자 해도 되겠다고 했어."

친구들 반응에 해나가 말했다.

친구들은 한바탕 웃었다. 그다음은 체육 대회 사진이었다. 친구들은 이어달리기에서 넘어지는 바람에 아쉽게 졌다고 했다. 한참 동안 사진을 보며 떠들었다.

그다음에는 우리가 찍은 졸업 인터뷰가 나왔다. 선생님이 우리 영상을 편집해 놓은 거였다.

"중학교 가는 기분이 어떤가요?"

사회자가 말하자 옆에 있는 아이가 대답했다.

"공부를 더 많이 해야 할 것 같아서 싫어요."

아이들은 맞다며 깔깔대고 웃었다.

"중학교 가면 뭘 하고 싶어요?"

"놀고 싶어요. 근데 놀 수 있을까요? 흑흑."

우는 척하는 표정을 보며 아이들은 노는 게 최고라고 말했다.

아이들은 자기 얼굴이 너무 크게 나왔다거나 말을 더듬었다며 떠들었다.

다음 질문이 이어졌다.

"6학년 때 가장 기억에 남는 건 뭘까요?"

사회자 질문에 아이가 대답했다.

"마음 노트요. 평생 간직할 거예요."

마음 노트라는 말에 가슴이 찌르르했다. 나는 마음 노트를 쓰다듬었다.

인터뷰 영상도 추억이 된다는 선생님 이야기가 떠올랐다.

갑자기 잔잔한 음악으로 바뀌더니 화면 위로 글자가

한 줄씩 나왔다.

6학년 3반 친구들. 졸업을 앞두니 여러 가지 생각이 들지?
그동안 멋지게 잘 해냈어. 앞으로 어려운 일이 생기더라도 씩씩하
게 잘 이겨 내리라 믿어.
6학년 3반 모두 사랑해.

글이 마무리되자, 선생님과 우리 사진들이 나왔다. 함
께 웃고 떠들던 모습이었다. 사진 속 선생님도 활짝 웃고
있었다. 여기저기서 훌쩍거리는 소리가 들렸다.

선생님이 준비한 선물은 졸업 파티였다. 그런데 선생님
없는 졸업 파티라니…….

"마지막으로 선생님에게 하고 싶은 이야기를 각자 종
이에 적어 볼래?"

한기찬 선생님이 슬퍼하는 아이들에게 말했다.

선생님에게 하고 싶은 말이 정말 많았는데, 막상 적으
려니 어떤 이야기를 써야 할지 고민됐다.

선생님, 정말정말 감사했어요.

평생 선생님을 잊지 않을게요…….

나는 연필로 꾹꾹 눌러서 썼다.

여기저기서 우는 소리가 들렸다.

"종이비행기로 접어 볼까? 선생님께 보내야지."

한기찬 선생님도 편지를 써서 종이비행기를 접었다.

"멀리 날아라!"

한기찬 선생님이 먼저 창문 밖으로 종이비행기를 날리며 외쳤다.

아이들이 하나둘 운동장으로 종이비행기를 날렸고, 하얀 비행기는 날아서 운동장 곳곳에 떨어졌다.

"자기 비행기가 어디에 떨어졌는지 기억하지?"

"네."

"비행기 찾으러 가자."

교실에 있던 아이들은 우르르 운동장으로 달려 나갔다. 운동장까지 날지 못한 비행기부터 운동장 넘어 놀이터까지 날아간 비행기를 모두 찾았다.

내 비행기는 철봉 아래에 떨어졌다.

나는 잽싸게 달려 나갔다. 바깥바람이 차가워 코끝이 얼얼했다. 다들 추운지 손을 비비거나 주머니에 손을 넣었다.

"다 찾았으면 여기에 종이비행기를 모아."

한기찬 선생님은 운동장 가운데에 동그라미로 그림을 그렸다.

아이들은 각자 찾은 비행기를 한곳에 모았다. 스물네 개의 비행기가 차곡차곡 쌓였다. 비행기 꼬리에 리본 그림을 그린 아이. 날개에 하트 그림을 그린 아이 등 알록달록한 비행기도 보였다.

"마음을 잘 담았지? 이젠 정말 선생님께 편지를 보낼 거야. 모두 앉아 봐."

아이들은 종이비행기를 가운데 두고 둘러앉았다. 하나의 작은 탑처럼 쌓인 마음 노트였다.

한기찬 선생님은 종이비행기에 불을 붙였다.

"이젠 편지가 하늘에 닿을 거야."

불에 타오르던 편지는 연기가 되어 하늘로 올라갔다.

하늘을 올려다봤다. 마음이 하늘 끝까지 닿는 것 같아서 가슴에 손을 대 보았다.

"선생님, 서해수 선생님!"

성재가 크게 소리쳤다.

아이들 모두 선생님을 부르며 엉엉 울었다.

이때껏 참아 왔던 눈물이 쏟아져 나왔다.

그때 진눈깨비가 내렸다. 아이들 모두 하늘을 향해 손을 뻗었다.

화이트 졸업식

졸업식 날 아침에 눈이 왔다. 운동장과 철봉 위에도 눈이 쌓이기 시작했다. 선생님이 원했던 화이트 졸업식이 되었다.

하준이는 선생님이 생각나서 하늘을 보고 눈을 감았다. 차가운 눈이 볼에 닿았다.

'졸업 축하해.'

선생님 목소리가 들리는 것 같아 눈물이 핑 돌았다. 하지만 울지 않았다.

6학년 3반 아이들은 다 같이 졸업식 때 울지 않겠다고 약속했다.

"하준아."

성재가 달려와서 하준이 어깨를 감쌌다. 성재가 걸어온 길에 눈 발자국이 생겼다. 성재와 하준이는 같은 중학교에 입학한다.

"단체 사진 찍자."

한기찬 선생님이 아이들을 한곳으로 모았다.

모두 웃으며 사진을 찍었다.

"졸업해도 끝이 아닌 거 알지? 다음 달에 반 모임 있어."

한기찬 선생님은 두 달에 한 번씩 반 모임을 하자고 했었다.

"그날, 선생님이 떡볶이 쏘는 거예요?"

해나가 크게 말하자 아이들도 "떡볶이."라고 외쳤다.

"첫 반 모임이니까, 좋아."

한기찬 선생님이 말했다.

"우아!"

운동장에 6학년 3반 아이들의 웃음 소리가 들렸다.

하준이는 하늘을 올려다보며 서해수 선생님에게 감사하다고 조용히 인사했다.

아이들도 하나둘 하늘을 올려다봤다.

하얀 눈이 소리 없이 내렸다.

하준이는 내리는 눈을 손으로 받았다. 눈은 손에 닿자마자 사르르 녹아 버렸다.

초등 읽기대장

마음노트

초판 1쇄 펴낸날 2024년 11월 22일

글 소연 | 그림 전명진
편집장 한해숙 | 기획편집 신경아, 이경희 | 디자인 최성수, 이이환
마케팅 박영준, 한지훈 | 홍보 정보영 | 경영지원 김효순
펴낸이 조은희 | 펴낸곳 ㈜한솔수북 | 출판등록 제2013-000276호 | 주소 03996 서울시 마포구 월드컵로 96 영훈빌딩 5층
전화 02-2001-5822(편집), 02-2001-5828(영업) | 전송 0303-3040-0108 | 전자우편 isoobook@eduhansol.co.kr
블로그 blog.naver.com/hsoobook | 인스타그램 soobook2 | 페이스북 soobook2
ISBN 979-11-93494-92-9, 979-11-85494-74-6(세트)

어린이제품안전특별법에 의한 제품 표시
품명 도서 | 사용연령 만 7세 이상 | 제조국 대한민국 | 제조자명 ㈜한솔수북 | 제조년월 2024년 11월

이 책은 서울특별시, 서울문화재단 '2023년 창작집 발간 지원사업'의 지원을 받아 발간되었습니다.

 큐알 코드를 찍어서
독자 참여 신청을 하시면
선물을 보내 드립니다.

 한솔수북의 모든 책은
아이의 눈, 엄마의 마음으로 만듭니다.